大象 忘忘

文　王宇清
圖　南君

草原上，出現了一頭陌生的大象。
「對不起，我什麼都想不起來，
你們可以幫幫我嗎？」
陌生的大象一開口，就讓四頭大象感到驚訝。
因為，大象的記性，向來非常、非常好！

「看來你記性不太好哪，朋友。」淘氣的灰皮皮說。

「不，應該說你『忘性』超好喲！」甜果用甜甜的聲音說。

「我們先叫你——忘忘，好嗎？」溫柔的光光建議。

「可是……」新朋友遲疑著。

「別擔心！就先加入我們吧，忘忘！」

沉穩的捲捲牙提出邀請。

清晨，四頭大象帶著忘忘去散步。
大象喜歡散步。
走著走著……
咦？忘忘怎麼沒跟上？
他上哪兒去了呢？

回頭一看──
天啊！忘忘竟然只靠兩條腿，
吃力的站在一顆圓圓的石頭上，
試著保持平衡！
難道，忘忘覺得這樣做，
比散步更愉快嗎？

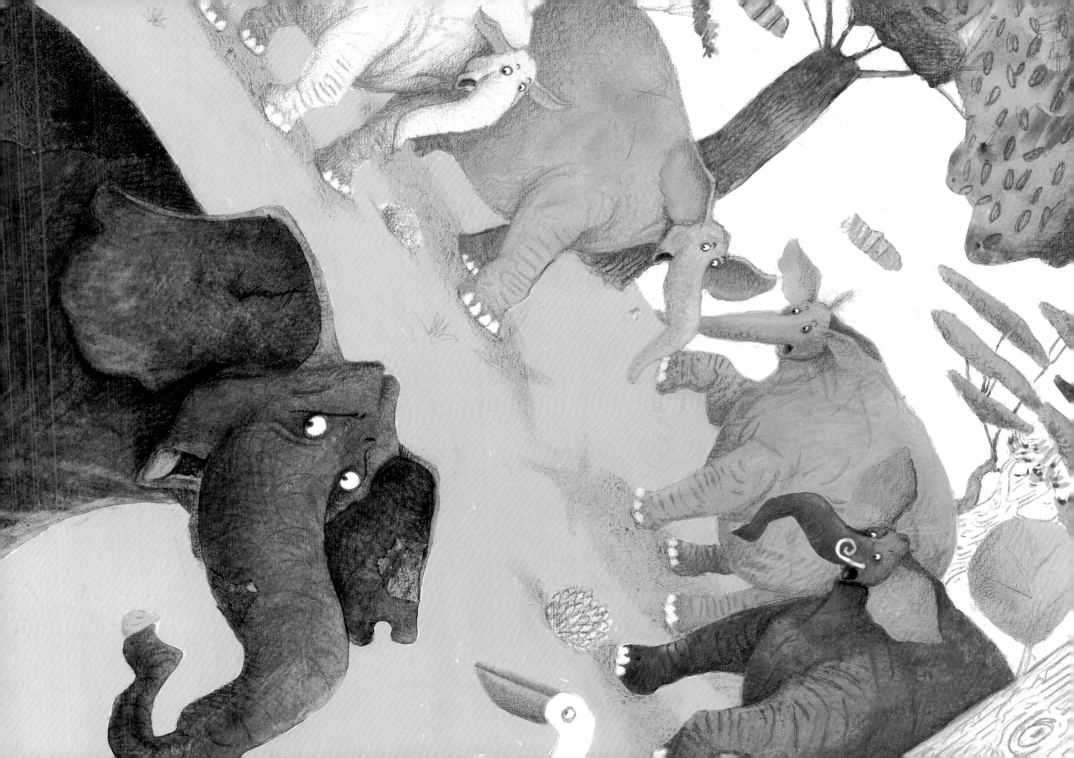

一個沒站穩， 忘忘摔倒了。

「 對不起， 我沒做好！ 」 忘忘慌忙道歉。

灰皮皮想學忘忘， 卻摔得大叫：

「 唉唷， 我的屁屁！ 」

捲捲牙安撫忘忘 ：「 大象不需要做這種動作。 」

「 真的嗎？ 」 忘忘似乎不敢相信。

走著走著，大夥兒都餓了，
大象喜歡吃青草、樹葉和果子。
四頭大象開開心心採起路旁的香蕉，
準備好好吃頓大餐……
咦？忘忘怎麼又不見啦？
轉頭一看──

天啊！忘忘用頭頂著地面，辛苦的倒立著。
難道忘忘不餓嗎？
正當他們感到奇怪時，卻聽見忘忘小小聲的說：
「對不起，請問可以給我東西吃嗎？」

甜果請忘忘先輕鬆坐下， 接著對他說 ：
「 大象餓了， 就自己採食物吃 ！」
「 真的嗎？ 可是 …… 我忘了怎麼採，
對不起！」 忘忘十分難為情。
「 我教你！」 甜果用鼻子捲香蕉給忘忘看。

夜裡，光光醒了過來，
他發現忘忘直挺挺的站著，一動也不敢動。

「忘忘，你怎麼還不睡？」光光問。
「對不起，因為沒人說我可以睡。」
忘忘累得聲音都發抖了。

光光舒展四肢， 對忘忘說：
「大象想睡， 隨時都能睡。」
「真的嗎？」 忘忘猶豫著躺下。

然而， 睡夢中的忘忘， 總是不停掙扎，
嘴裡還不時發出嗚嗚的哀鳴。
無論四頭大象如何安撫， 都起不了作用。

四頭大象心疼的想著，
如果知道夢的內容，說不定可以幫助忘忘。
可是，忘忘卻完全記不得自己的夢。
捲捲牙安慰大家：「幸好忘忘的忘性超好！
不好的夢，忘了正好！」

每ㄟ一ㄧ天ㄊㄢ，
儘ㄐㄧㄣ管ㄍㄨㄢ忘ㄨㄤ忘ㄨㄤ身ㄕㄣ旁ㄆㄤ有ㄧㄡ一ㄧ群ㄑㄩㄣ
想ㄒㄧㄤ吃ㄔ就ㄐㄧㄡ吃ㄔ、 想ㄒㄧㄤ睡ㄕㄨㄟ就ㄐㄧㄡ睡ㄕㄨㄟ、
輕ㄑㄧㄥ鬆ㄙㄨㄥ自ㄗ在ㄗㄞ的ㄉㄜ大ㄉㄚ象ㄒㄧㄤ陪ㄆㄟ伴ㄅㄢ……

他還是悶悶不樂。

每ㄇㄟˇ一ㄧ天ㄊㄧㄢ，
儘ㄐㄧㄣˇ管ㄍㄨㄢˇ忘ㄨㄤˋ忘ㄨㄤˋ沒ㄇㄟˊ有ㄧㄡˇ笑ㄒㄧㄠˋ容ㄖㄨㄥˊ，
捲ㄐㄩㄢˇ捲ㄐㄩㄢˇ牙ㄧㄚˊ、甜ㄊㄧㄢˊ果ㄍㄨㄛˇ、光ㄍㄨㄤ光ㄍㄨㄤ和ㄏㄜˊ灰ㄏㄨㄟ皮ㄆㄧˊ皮ㄆㄧˊ還ㄏㄞˊ是ㄕˋ
不ㄅㄨˋ斷ㄉㄨㄢˋ為ㄨㄟˋ他ㄊㄚ製ㄓˋ造ㄗㄠˋ歡ㄏㄨㄢ樂ㄌㄜˋ。

每ㄇㄟˇ一ㄧ天ㄊㄧㄢ，每ㄇㄟˇ一ㄧ天ㄊㄧㄢ……

某天夜裡，
忘忘似乎做了一個特別可怕的夢。
他全身發抖、冒著冷汗，
不斷大聲哭喊：
「對不起！對不起！」

忘忘就像沉入深深的惡夢中，
怎麼叫也醒不過來。

「可憐的忘忘，到底做了什麼可怕的夢？」
「忘忘別怕，我們在你身邊！」

他們守著忘忘，不斷為他加油。

「忘忘！原來你在這裡！」

「大象玩泥巴的時間到了，
麻煩讓一讓！」

四頭大象圍繞在忘忘身旁，
開始狂噴泥巴……

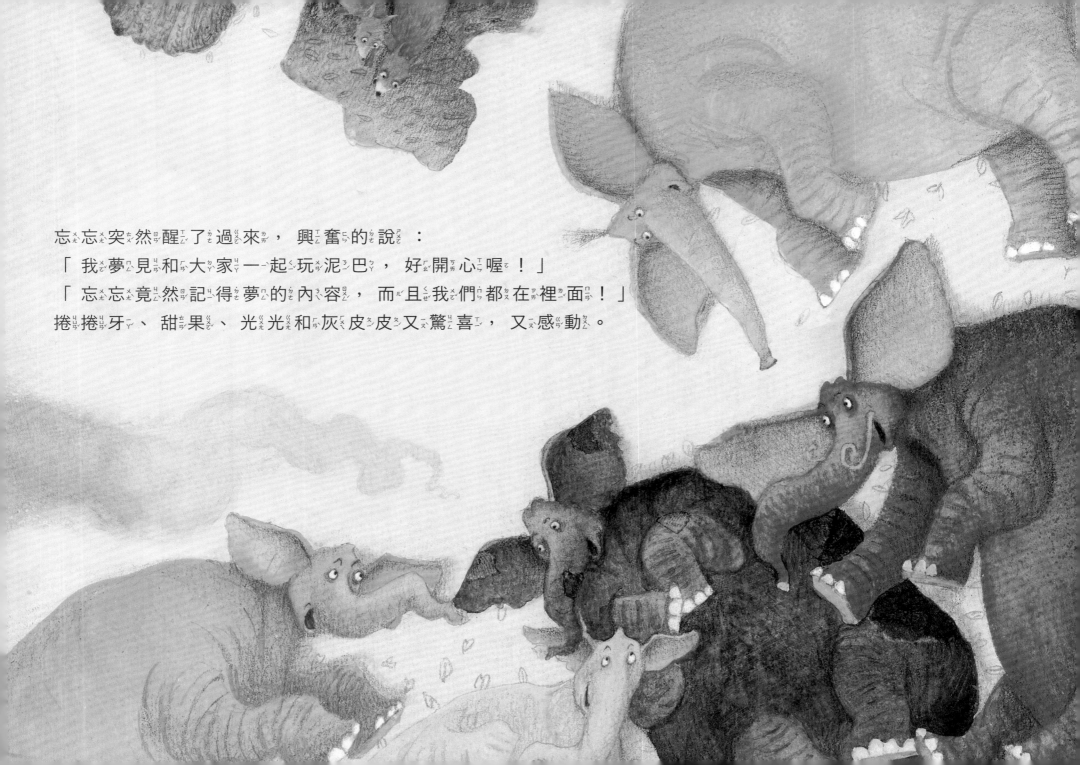

忘忘突然醒了過來，興奮的說：
「我夢見和大家一起玩泥巴，好開心喔！」
「忘忘竟然記得夢的內容，而且我們都在裡面！」
捲捲牙、甜果、光光和灰皮皮又驚喜，又感動。

那天晚上，每一頭大象都睡得又甜又香。
包括忘忘。

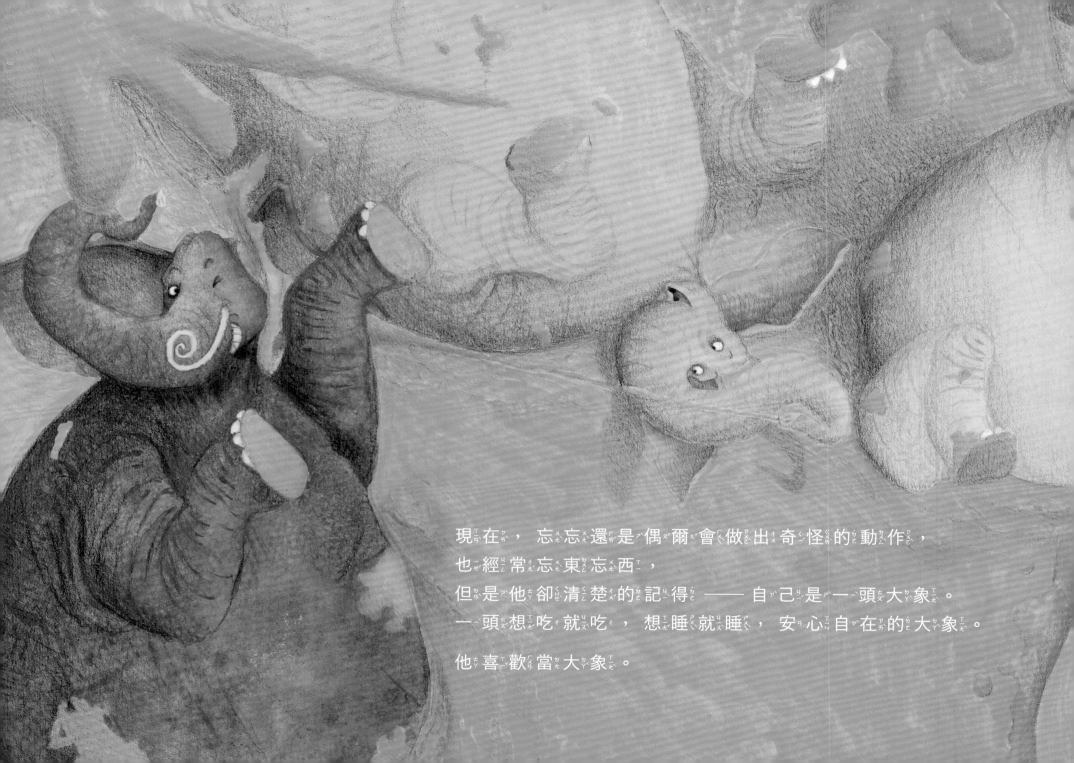

現在，忘忘還是偶爾會做出奇怪的動作，
也經常忘東忘西，
但是他卻清楚的記得 —— 自己是一頭大象。
一頭想吃就吃，想睡就睡，安心自在的大象。

他喜歡當大象。

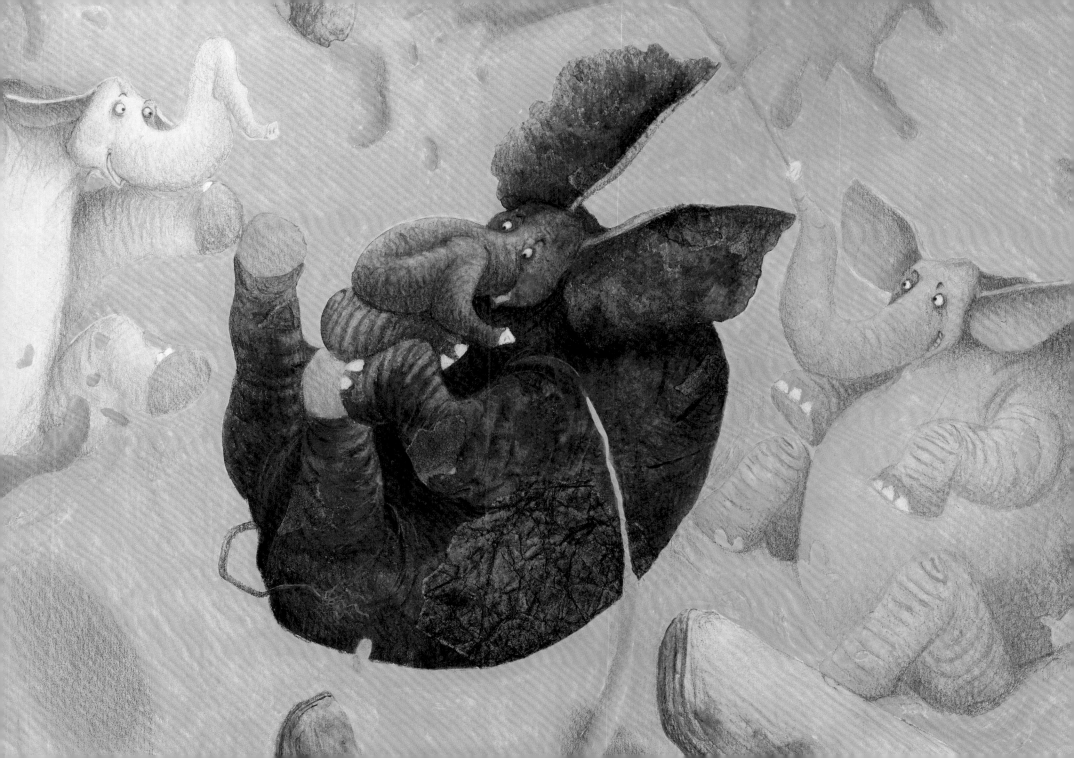